PETITS SECRETS ENTRE AMIS

Petits secrets entre amis

Une adaptation de Beth Beechwood

D'après la série télévisée créée par
Michael Poryes, Rich Correll et Barry O'Brien
Première partie d'après le scénario télévisé
écrit par Michael Poryes
Deuxième partie d'après le scénario télévisé
écrit par Douglas Lieblein

Traduit de l'américain par Christine Bouchareine

POCKET
jeunesse

Titre original :
Keeping Secrets

Publié pour la première fois en 2006
par Disney Press, New York.

Loi n° 49-956 du 16 juillet 1949 sur les publications
destinées à la jeunesse : janvier 2008.

ISBN 978-2-266-17910-2

PREMIÈRE PARTIE

1

La foule était en délire. Hannah Montana, elle, n'avait qu'une hâte : sortir de scène, retirer sa perruque et redevenir Miley Stewart. Heureusement, ses amis ignoraient qu'elle était Hannah Montana, leur rock star préférée ! Et ils l'aimaient pour elle-même, pas pour sa célébrité. Seuls son père, son frère et sa meilleure amie, Lilly, connaissaient la vérité.

— Laissez passer. Place à la superstar ! cria son père, Robby Stewart, en se frayant un chemin vers la limousine, suivi de Miley et Lilly.

Tous devaient se déguiser pour garder le secret. Lilly, coiffée d'une perruque rousse, se faisait appeler Lola Luftnagle et serrait

dans ses bras un petit chien nommé Thor.
M. Stewart, quant à lui, portait une grosse
moustache avec les cheveux longs, et jouait
les imprésarios.

Miley, toujours habillée en Hannah Montana, salua une dernière fois ses fans avec
un sourire radieux.

— Merci à tous! Je vous aime! À très
bientôt!

Lilly ne supportait pas du tout cette
bousculade.

— C'est de la folie furieuse! Reculez,
bande de malades, ou je lâche mon chien!

— Méfiez-vous de Thor la terreur, qu'il
n'aille pas vous faire pipi dessus! gloussa
Miley.

— Trop tard : il a encore frappé, dit
M. Stewart, fixant ses pieds.

— Beurk! cria Lilly, avant de s'engouffrer
dans la limousine derrière Miley et son père.

Elle referma précipitamment la portière.

— Attendez! Une seconde! entendirent-
ils crier.

— Oh, non! gémit Miley. Encore Oliver!

Il ne me lâche pas, celui-là ! La semaine dernière, il a réussi à se glisser dans ma loge. Au concert précédent, il avait sauté sur scène en plein concert. Et voilà qu'il remet ça !

— En tout cas, il sait jouer des coudes, s'esclaffa M. Stewart. Regardez-moi cette manière qu'il a de fendre la foule !

— Ferme la fenêtre ! cria Miley.

Trop tard ! Oliver avait déjà passé son bras par la vitre entrouverte.

— Je t'en supplie, Hannah ! Un baiser, et je ne me laverai plus jamais la main.

Miley leva les yeux au ciel.

— Bonjour l'odeur !

Prise d'une idée subite, elle attrapa Thor.

— Tiens, mon toutou ! Rends-toi utile.

Thor donna un grand coup de langue sur les doigts sales d'Oliver.

— Waouh ! Quelle passion ! cria ce dernier.

Miley lui tapa sur la main.

— Mais c'est qu'elle mordrait ! J'adore ça !

— Je rêve ! Je ne suis pas près de m'en débarrasser, soupira Miley.

— Faudra bien, dit Lilly. Parce que si jamais il découvre la vérité, il ne sera plus seulement amoureux d'Hannah Montana mais de toi aussi.

— Quoi ! Tu délires ! La seule chose qu'on ait en commun Hannah Montana et moi, c'est… c'est moi. Et moi pas être amoureuse d'Oliver.

— Ne t'inquiète pas ma puce, la rassura son père. Je connais les garçons. Ils finissent toujours par se lasser si la fille qui leur plaît ne leur montre par un minimum d'intérêt.

La limousine démarra et M. Stewart rouvrit la fenêtre. Oliver, à vélo, arriva à leur hauteur. Il pédalait à toute vitesse, un bouquet à la main.

— Je vous en supplie, soyez sympas, prenez pas l'autoroute !

La limousine accéléra aussitôt. Désespéré, Oliver jeta les fleurs par la vitre.

— Pour toi, mon amour !

Miley regarda Thor en secouant la tête.

— Voilà le résultat quand on embrasse trop bien !

2

Le lendemain, quand Lilly et Miley arrivèrent au Rico's, sur la plage, Oliver racontait à ses copains comment Hannah Montana l'avait embrassé sur la main.

— Sérieux ? s'exclama Chad, un garçon qui passait son temps à mâchouiller des chewing-gums.

— Ouais, elle m'a fait un gros baiser bien baveux. Regardez, ça brille encore.

— Tu parles ! chuchota Lilly à l'oreille de Miley. Maintenant, chaque fois qu'Oliver appelle chez moi, mon chien aboie « c'est pour moi, c'est pour moi ! ».

Les deux amies pouffèrent de rire.

— Chad, tu pourrais fermer ta bouche quand tu mâches ? s'énerva Oliver. Va postillonner ailleurs que sur ma main ! Elle a été embrassée par Hannah Montana !

Chad le nargua en enfournant un autre chewing-gum dans sa bouche et en mâchant de plus belle. Oliver s'empressa de mettre sa main à l'abri.

— Tu viens, Miley ? soupira Lilly, excédée. Ce n'est pas comme ça qu'on va bronzer.

— Regarde-le, gémit Miley, il n'est pas près de laisser tomber. Que se passera-t-il s'il découvre la vérité ? Je tiens beaucoup à lui et je ne voudrais pas que ça gâche notre amitié.

— À moins que, peut-être – je dis bien peut-être – tout au fond de toi, tu n'éprouves le même sentiment que lui.

Oliver frottait avec amour la main sacrée sur sa joue. Cette vision ramena Miley à la dure réalité.

— À moins que peut-être, je dis bien peut-être, tu ne sois complètement givrée ! hurla Miley.

Elles éclatèrent de rire.

— Maintenant qu'elle a laissé son empreinte sur moi, poursuivait Oliver, il est temps pour nous de passer à l'étape suivante. Ce soir, à la séance de dédicace, je lui déclarerai ma flamme : Hannah, tu es mon amour, ma vie, un jour tu seras mienne...

Il réfléchit un moment, les yeux dans le vague. Puis il griffonna sur sa main : « Penser à trouver une rime avec mienne. »

— T'es fou, mec ! T'as écrit sur la main qu'Hannah a touchée ! cria l'un de ses copains.

— Oh, pardon, ma beauté ! hurla Oliver d'une voix stridente.

— La séance de dédicace ! marmonna Miley. Je l'avais oubliée ! S'il me regarde droit dans les yeux, il me reconnaîtra, c'est sûr !

— Eh bien, avec le temps, tu finiras peut-être par l'aimer comme j'ai appris à aimer le hamster de mon frère. L'avantage avec Oliver, quand il rendra son dernier soupir, c'est que tu ne seras pas obligée de l'enterrer dans ton jardin.

— Tu te rends compte de ce que tu dis ? hurla Miley. Ou tu es devenue sourde ?

Pendant ce temps, Chad continuait à narguer Oliver.

— Tu pourrais aller postillonner plus loin, Chad?

— Bien sûr! En attendant, jette ça pour moi!

Et il écrasa son chewing-gum sur la main vénérée.

— Enlève-moi ça tout de suite! beugla Oliver, affolé.

— Cool, mec! C'est que du chewing-gum, pas de panique! intervint un de ses copains en retirant la boule collante.

Soudain, Oliver eut un flash-back: il se revit bébé, au fond de son berceau, sa vieille tante Harriet penchée sur lui, mâchonnant et marmonnant:

— Oh, le beau bébé! Tante Harriet va le manger tout cru. Miam, miam…

Oliver serra les dents en se remémorant la suite de la scène. Tante Harriet avait laissé tomber son chewing-gum sur lui!

— Je déteste cette horrible femme! grommela-t-il.

3

Pendant que sa fille était à la plage, M. Stewart, bien calé sur le canapé, composait des
chansons.

— … j'ai passé la matinée à chercher
l'inspiration, mais j'ai beau me presser le
citron… il n'en sort que des trucs bidon…
je commence à avoir le bourd…

Il fut soudain interrompu par son fils
Jackson, le grand frère de Miley.

— Ça y est ! Je l'ai, papa ! Tu vas être
scié !

— J'espère que tu as de bonnes raisons
de me déranger, fiston, je suis en pleine
fièvre créatrice.

— Jackson Stewart, avancez-vous ! clama
Jackson en prenant une voix d'animateur de

jeu télévisé. Vous êtes l'heureux propriétaire d'une voiture d'occasion flambant neuve! Oui, depuis quinze ans, cette beauté a trimbalé des fumeurs invétérés, des goinfres répugnants et une certaine Wilma McDermott, dont la chatte a mis au monde six adorables chatons sur le siège avant, comme en témoignent plusieurs taches indélébiles!

— On dirait que ça te fait plaisir!

— C'est un grand jour pour moi! Papa, tu te rends compte? Elle est à moi. Je l'ai achetée avec mon argent!

— Je suis fier de toi, fiston, répondit son père en lui tapotant le dos. Et surtout très content que ça ne m'ait rien coûté. Allez, viens me montrer ce qu'elle a dans le ventre.

— Oh, en parlant de ventre... Ça me rappelle que sur le siège arrière...

— Je préfère ne pas savoir, le coupa M. Stewart.

Ils sortirent dans l'allée.

— Tadaa! s'écria Jackson en montrant avec fierté une petite décapotable rouge.

— Alors voilà la merveille ? (M. Stewart fit le tour de la voiture en hochant la tête.) Elle est nickel, pas une rayure... juste quelques taches à l'avant, ajouta-t-il avec une grimace.

Cooper, le copain de Jackson arriva en courant.

— Alors, où est-elle ?

— Juste là. Sous tes yeux !

— C'est ça ? s'esclaffa Cooper.

— Oui, moi aussi, j'ai du mal à croire qu'elle est à moi.

— Moi, j'ai surtout du mal à croire que t'aies acheté une caisse pareille.

— Pourquoi ?

— Jackson, c'est pour les filles ce genre de décapotable.

— T'hallucines ! C'est une voiture de mec par excellence. En rentrant, j'ai vu plein de types me faire des signes admiratifs. Ils me klaxonnaient. Y en a même qui m'envoyaient des baisers... Oh, non ! Papa, ne me dis pas que j'ai acheté une voiture de fille.

— T'as pas acheté une voiture de fille, répondit M. Stewart, imperturbable.

— Oh, je t'en prie, répète-le en ayant l'air d'y croire !

— J'aimerais bien, fiston. Mais tu sais que ces dames ont toujours le dernier mot.

Il se pencha par la fenêtre du conducteur et appuya sur le klaxon.

« Pouët ! Pouët ! »

4

Le soir, après la séance de dédicace, Miley son père et Lilly durent, une fois de plus, affronter la cohue.

— Merci à vous d'être venus ! Je vous aime ! Je vous aime tous ! clama Hannah avant de sauter dans la voiture.

— À fond la caisse, chauffeur ! ordonna M. Stewart dès qu'il eut claqué la portière.

— C'était parfait ! s'écria Miley en arrachant sa perruque. Oliver m'a regardée droit dans les yeux et il ne m'a même pas reconnue.

— Oui, il avait la même tête qu'en cours d'espagnol, gloussa Lilly.

Les deux filles se tournèrent l'une vers l'autre et imitèrent la mine ahurie d'Oliver.

— *No comprendo !* s'exclamèrent-elles à l'unisson.

M. Stewart ouvrit le toit pour avoir un peu de fraîcheur.

— Ahhhh ! hurlèrent-ils.

Oliver venait de passer la tête par l'ouverture. Vite, Miley attrapa Thor et le plaqua devant son visage pendant que son père lui remettait sa perruque tant bien que mal.

— N'aie pas peur, Hannah ! C'est moi, Oliver Oken.

— Chauffeur, arrêtez-vous ! ordonna M. Stewart, visiblement contrarié.

— Waouh, t'es encore plus sublime la tête à l'envers ! cria Oliver.

— Oh, merci beaucoup, répondit Lilly.

— C'est à moi qu'il parle, la rabroua Miley.

Puis elle se tourna vers Oliver.

— Écoute, t'as l'air sympa, mais faut que t'arrêtes, parce que… parce que j'ai déjà un petit copain !

— T'as un petit copain ? répéta Oliver, sonné. Je ne comprends pas. Pourquoi tu as embrassé ma main, alors ?

Miley souleva le chien en soupirant.

— C'est pas moi, c'est lui.

En tout cas, Oliver plaisait à Thor car, dès qu'il le vit, il se mit à lui léchouiller le visage.

— C'est pas vrai! gémit Oliver, mortifié. C'est ça les lèvres pulpeuses qui me font rêver depuis deux jours?

— Je suis désolée, s'excusa Miley, navrée. Je ne voulais pas te faire de peine, mais je ne partage pas tes sentiments, d'accord?

— OK. Message reçu.

— Maintenant, descends, mon grand, tu vas rayer la peinture, dit M. Stewart.

— Très bien. Je ne vous ennuierai plus.

— Si ça peut te consoler, le chien n'arrête pas de penser à toi, tenta de le réconforter Lilly.

— Oh, la, la! Tu dois me trouver minable! gémit Oliver.

— Non, je te trouve très sympa, protesta Miley. Et peut-être que si je n'avais pas de copain…

— … J'aurais ma chance avec toi?

— Non, non, je n'ai pas dit ça !

— Tu l'as sous-entendu. Et ça me suffit ! C'est décidé : je t'attendrai toute ma vie !

— Mais je n'ai jamais dit ça ! répéta Miley, paniquée.

Inutile de s'énerver.

— Toute ma vie ! cria Oliver en ressortant la tête par le toit ouvert. Tu m'entends, Hannah Montana ? Je t'attendrai toute ma vie !

— Ouf ! On a eu chaud, cette fois ! soupira Lilly.

— Non, tu crois ? grommela Miley.

— Tu sais ce qu'il lui faut à ce garçon ? fit M. Stewart, songeur : une vraie petite amie.

— Papa… commença Miley. Attends, mais c'est la chose la plus intelligente que tu aies jamais dite !

— Eh oui ! La vérité ne sort pas que de la bouche des enfants.

5

— Yo, casierman! cria un garçon en voyant arriver Oliver, le lendemain, à l'école.

— J'arrive! répondit-il d'une voix assurée.

Sans ralentir le pas, Oliver donna un coup sur la porte du casier qui s'ouvrit aussitôt.

— Je te revaudrai ça, le remercia l'élève.

— J'y compte bien, lança Oliver, par-dessus son épaule.

— Casierman! l'appela une fille en détresse.

Oliver pivota sur lui-même, donna un coup de coude au centre de la porte. Elle s'ouvrit en douceur.

— T'es incroyable, Oliver! roucoula la fille.

— Il paraît, répondit-il avec un clin d'œil.

Il remarqua alors Chad, le mâchouilleur, qui se battait avec sa serrure.

— Des problèmes, Chad ?

— Ouais. Tu veux bien me filer un coup de main ?

— Tu peux toujours courir !

Miley entra dans le hall et fonça droit vers Oliver, décidée à mettre le plan de son père à exécution.

— Oliver, tu vois Pamela, là-bas ? dit-elle en montrant une jolie fille un peu plus loin. Elle te trouve très mignon.

— Je dois reconnaître qu'elle n'a pas tort. Dommage, c'est déjà le grand amour avec Hannah.

— Et pourquoi t'inviterais pas Kyla Goodwin ? Elle serait prête à sortir avec n'importe qui. T'aurais ta chance !

— Ouais, tout à fait mon style ! Mais je suis déjà pris.

— Alors qu'est-ce que tu dirais de Lilly ? cria Miley en attrapant par le bras son amie qui arrivait au même moment. Vous iriez si bien ensemble !

— Pardon ? s'exclama Lilly.

— C'est vrai, vous êtes aussi têtus l'un que l'autre !

— N'importe quoi ! s'écrièrent-ils d'une seule voix.

— Vous avez toujours le même avis sur tout.

— Jamais de la vie ! protestèrent-ils en chœur.

— Vous voyez, vous êtes faits l'un pour l'autre !

Oliver et Lilly se dévisagèrent.

— Même pas dans tes rêves !

— Tant pis ! Ou finalement tant mieux ! se ravisa Miley. Parce que si on tombe amoureuse d'un ami et que c'est pas réciproque, ça peut tout gâcher. Et rien ne compte plus que notre amitié, Oliver.

— Oh, non, c'est pas vrai, tu m'aimes ?

— Non ! Enfin si. Mais comme un frère ou... ou comme un poisson rouge. Je... je serais triste si je devais te jeter dans la cuvette des toilettes, mais je ne pourrai jamais sortir avec toi.

— Ouf ! Tu me rassures ! Parce que, moi aussi, je tiens à toi et je pensais qu'avec Hannah, vous pourriez devenir très proches.

— Plus proches que tu ne le crois, marmonna Lilly à mi-voix.

— Génial ! Dès qu'on sera ensemble, Hannah et moi, on vous invitera à venir manger un morceau.

De désespoir, Miley se cogna la tête contre un casier.

Elle vit alors Oliver ouvrir le sien d'une claque dans la porte et coller sa joue contre la photo d'Hannah Montana, scotchée à l'intérieur.

— Nous serons bientôt réunis, mon amour.

Chad le mâchouilleur s'approcha de lui, sourire aux lèvres. Il sortit son chewinggum de sa bouche et l'écrasa sur le portrait d'Hannah.

— Tu me le paieras, pauvre naze ! cria Oliver. Adieu, Hannah 102, ajouta-t-il en arrachant la photo sous laquelle apparut un cliché identique. Bonjour, Hannah 103.

Lilly sourit d'un air malicieux.

— Oh, je connais ce regard ! s'inquiéta Miley. Ou tu as une super idée, ou t'as envie d'aller au petit coin.

— Je sais comment guérir Oliver de son amour pour Hannah Montana. Et faut vite que j'y aille.

6

Jackson arrêta la décapotable devant chez lui et se tourna vers son père.

— J'le crois pas. Il a refusé de reprendre la voiture ! Pourtant j'étais très convaincant !

— Parce que tu trouves que c'était un bon argument de te jeter aux pieds du garagiste ?

— Oh, les voisins ! les interpella une voix.

— Pitié, c'est M. Dontzig ! gémit Jackson. Et il est encore en peignoir !

— Te plains pas ! Celui-là lui couvre au moins les jambes.

Un homme obèse s'avançait vers eux, ventre en avant, chaussé de tongs et vêtu d'une longue robe de chambre ouverte sur un maillot de bain.

Ce casse-pieds adorait fourrer son nez dans les affaires des autres.

— Vous pouvez me dire pourquoi les feuilles de vos arbres atterrissent systématiquement dans mon Jacuzzi ? demanda-t-il en agitant une feuille sous leur nez.

— J'en sais rien, ricana M. Stewart. Peut-être qu'elles aiment les bains à remous.

— Très drôle ! Il serait temps de faire quelque chose.

— Vous aussi, vous devriez réagir, rétorqua M. Stewart, le doigt pointé sur son gros ventre. Faites des abdos ou achetez-vous un peignoir plus grand !

— Bien envoyé ! gloussa Jackson en levant un pouce.

M. Dontzig lui décocha un regard venimeux.

— Jolie voiture, Jackson ! Ma femme avait la même autrefois. Elle l'a revendue parce qu'elle la trouvait vraiment trop fifille.

Il tourna les talons et repartit vers son jardin à grands pas.

— Je ne veux plus voir une seule de vos sales feuilles dans mon Jacuzzi ! jeta-t-il avant de disparaître.

— Et nous, les Stewart, on n'a pas besoin de grosses berlines pour prouver qu'on est des hommes ! riposta le père de Jackson.

Puis il sauta au volant de la décapotable.

— Cette fois, ça suffit. Cette trottinette va retourner là d'où elle vient !

— Mais le vendeur refuse de la reprendre, se lamenta Jackson.

— C'est à toi qu'il a dit non, fiston, pas à moi ! Excuse-moi, mais je ne crois pas qu'il pourra me résister.

Il recula dans l'allée, et sa main heurta par mégarde le klaxon.

« Pouët ! »

— Oh, pitié !

7

— Je suis venu aussi vite que j'ai pu ! Elle est toujours là ? s'écria Oliver.

— Oui, tu as de la chance, répondit Lilly en montrant Miley allongée sur un transat, à l'écart, déguisée en Hannah Montana.

— J'en reviens pas que tu l'aies vu rompre avec son petit copain juste sur notre plage, alors que je sortais de chez l'orthodontiste.

— Oui, c'est un signe du destin, acquiesça Lilly d'un ton théâtral. À toi de jouer.

Oliver prit une profonde inspiration.

— D'accord. J'y vais.

— Bonne chance, Oliver.

Oliver s'approcha bravement du transat. Hannah lui tournait le dos.

— Salut, c'est moi, Oliver. Il paraît que tu es célibataire depuis peu. Alors si tu as besoin de moi, mes bras te sont grands ouverts.

La blonde se retourna. Oliver faillit s'étouffer : ce n'était pas Hannah mais un athlète aux cheveux longs !

— Bas les pattes, minable !

— En... entièrement d'accord, bafouilla Oliver en détalant.

Il aperçut alors une autre blonde assise un peu plus loin.

Cette fois, il s'approcha avec prudence.

— Hannah ?

Miley se tourna vers lui, cachée sous sa perruque et ses lunettes de soleil, les joues gonflées par un énorme chewing-gum qu'elle mâchait la bouche ouverte.

— Oh, je te reconnais ! C'est toi le garçon du toit ouvrant. J'te trouve vachement mieux la tête à l'endroit.

Oliver en resta muet de stupeur.

— Waouh ! s'exclama-t-il en la regardant mettre un autre chewing-gum dans sa bouche déjà bien remplie.

— Mais où ai-je la tête? (Elle se leva d'un bond et le poussa dans sa chaise longue.) Assieds-toi, mon chou, on va s'éclater tous les deux. Tu veux un chewing-gum? Te gêne pas. J'en ai plein.

— Je ne savais pas que tu aimais ça. On n'en parle pas sur ton site Internet.

— Oh, j'adore mâcher! Je mâche tout le temps. Chrunk, chrunk, chrunk... comme une vache. Le matin, l'après-midi, le soir. J'adore ça. Si un truc se mâche, il est pour moi.

Oliver recula, assailli par le souvenir de son affreuse tante Harriet. Il n'avait plus qu'une idée: s'enfuir.

— Ravi de l'apprendre. Mais tu devrais renseigner ton site Internet.

— Pourquoi? Ça te dérange? Je sais. Y en a que ça dégoûte. Ils peuvent même pas m'approcher tellement ça les écœure.

— Moi, je suis pas comme ça.

— C'est vrai? Je comprendrais, tu sais, ajouta-t-elle, alarmée de voir que son plan risquait d'échouer.

— Non. Il faut savoir faire des sacrifices en amour. Je t'accepte… telle que tu es.

— Super ! Ben, pour fêter ça, je teste un nouveau parfum ! dit-elle en enfournant un nouveau chewing-gum.

Oliver la dévisageait horrifié.

— Ta… ta bouche, bégaya-t-il. Elle… elle… est…

— … noire ? C'est le réglisse. Mon parfum préféré. Mais surtout ne me fais pas rire. Sinon ça ressort par le nez. Tu veux voir ?

— Non ! hurla-t-il.

— Trop tard ! Je sens que je vais exploser.

Oliver, paniqué, fit la première chose qui lui passait par la tête. Il lui pinça le nez. Il adorait Hannah, mais là, c'était trop.

— Je te dégoûte ? Pas de problème. Je comprendrai que tu transfères ton obsession sur Mandy Moore. Surtout qu'elle est de nouveau blonde !

— Non ! Mon amour pour toi est plus fort que ma répulsion et ta… ta bave noire.

Décidément, il ne voulait pas la lâcher. Le moment était venu pour elle de frapper un grand coup.

— T'as encore rien vu !

Elle souffla une énorme bulle.

— Il faut faire des sacrifices, il faut faire des sacrifices, répéta-t-il.

La bulle lui explosa en pleine figure !

— Alors, t'es encore dingue de moi ? demanda Hannah.

— Je... je t'aime toujours, bégaya-t-il.

— Qu'est-ce que j'peux faire ? hurla-t-elle, désespérée. Faut que je te le dise comment ? Toi et Hannah, vous ne serez jamais ensemble !

— Pourquoi ?

Miley vérifia qu'ils étaient seuls sur la plage.

— Parce que Hannah Montana, c'est moi, Miley ! dit-elle en enlevant sa perruque et ses lunettes.

Oliver tomba à la renverse et s'évanouit.

— Ouf, il a compris ! soupira-t-elle.

8

Dès qu'il reprit ses esprits, Oliver se mit à arpenter la plage et à assaillir Miley de questions.

— Alors c'était toi, dans la limousine, quand je suis passé par le toit ?

— Ouais.

— Et quand je suis resté planqué dans la grosse caisse jusqu'à Phœnix, pendant ta tournée ?

— Quoi ! T'as fait ça ?

— Laisse tomber. Comment t'as pu me cacher une chose pareille ?

— Je suis désolée, mais tu étais si amoureux d'Hannah que j'avais peur que tu fasses un transfert sur moi.

— Quoi ? Tu crois que je t'aime ?

— À toi de me le dire. Tu te vois sortir avec Miley, ton idiote de copine?

— T'es pas une idiote!

— Oh, arrête. T'as oublié le jour où j'ai trébuché en biologie et où je t'ai aspergé de jus de grenouille?

— M'en parle pas! Ma mère m'a obligé à retirer mon pantalon sur le parking du collège avant de monter dans sa voiture.

— Et à l'anniversaire d'Andrew, quand tu m'as fait tomber dans la piscine en voulant arriver le premier devant le gâteau.

— Alors ça, c'est pas juste! C'était une bûche glacée et tu sais bien que je n'aime que l'entame.

— D'accord. Et la fois où on jouait *Roméo et Juliette* et que t'avais des nausées à l'idée de m'embrasser.

— Évidemment, tu avais mangé des oignons frits juste avant!

— Arrête, Oliver. Tu es sûr que c'était à cause des oignons?

— J'avoue que je n'étais pas très chaud pour cc baiser...

— Oliver, regarde la vérité en face. La fille que tu croyais aimer se trouve devant toi et tu n'es pas amoureux d'elle.

Oliver réfléchit un long moment.

— Waouh! T'as raison. J'ai l'impression d'avoir perdu deux ans de ma vie.

— Je suis vraiment désolée. Alors, on est toujours copains?

— Bien sûr!

Il la serra dans ses bras.

— Tu ressens quelque chose? s'enquit-elle.

— Non, répondit-il sans la lâcher. Enfin. Ça m'fait tout bizarre.

— Viens, dit-elle en s'écartant. Allons manger un bon hot-dog.

— Et tu pourras prendre autant d'oignons que tu voudras! la taquina-t-il.

Il s'arrêta brusquement.

— Au fait, Miley. Mandy Moore, t'aurais pas son numéro de téléphone, par hasard?

— Dis donc, tu perds pas le nord, toi!

Pendant ce temps, Jackson n'avait toujours pas résolu son problème de voiture. Il jouait au basket avec son copain Cooper en attendant le retour de son père.

— Mais qu'est-ce qu'il fiche? marmonna-t-il. Ça fait des heures qu'il est parti. À tous les coups, il n'a pas réussi à leur rendre la voiture. Et maintenant, il n'a plus le courage de revenir me le dire en face.

— Qu'est-ce que t'en sais? Peut-être qu'il a eu un coup de chance et qu'il se l'est fait voler par des majorettes?

— Ce serait trop beau!

Au même moment, il vit la décapotable entrer dans l'allée.

— Oh, le revoilà! Toujours avec ma voiture. Je l'aurais parié. T'as vraiment pas assuré, papa!

— Eh, calme-toi, fiston! C'est vrai. Ils n'ont pas voulu la reprendre. Mais je l'ai bien améliorée. Écoute-moi ça.

Il appuya sur le klaxon.

« Honk! Honk! »

Un vrai son de semi-remorque.

— Papa, ce n'est pas ça qui va en faire une voiture d'homme !

— Alors ça, peut-être ! répondit son père en enfonçant un bouton.

Le coffre s'ouvrit, les feux se mirent à clignoter, et une musique d'enfer monta de la stéréo tandis que la voiture remuait en rythme.

— Waouh ! Ça déchire !

— Alors qu'est-ce que t'en dis, fiston ? Elle est pas mieux maintenant ?

— Oh merci, merci, merci, papa ! s'écria Jackson en sautant au cou de son père, les jambes passées autour de sa taille.

— Écoute, là, tu es en train de me démolir le dos. C'était mignon quand t'avais cinq ans.

Jackson obéit en riant.

— À mon tour ! cria Cooper en sautant sur M. Stewart… de la même manière.

— Ça y est, je suis bloqué ! hurla M. Stewart en se tenant les reins.

Enfin, les problèmes de ses enfants étaient résolus. Que demander de plus ?

DEUXIÈME PARTIE

1

C'était un soir de concert et Hannah se chauffait la voix dans sa loge avec Kay, sa professeur de chant.

— *I'm a lucky girl, whose dreams came true. But underneath itall, I'm just like you*[1]. Alors, Kay, tu me trouves comment?

— Parfaite.

— Hannah Montana! Plus que deux minutes! annonça le régisseur.

— Maintenant, détends-toi, dit Kay.

Hannah secoua les épaules puis se mit à courir et à sauter partout comme un singe. Elle s'arrêta brusquement.

— C'est bon, je suis prête.

1. « J'ai eu la chance de voir mes rêves se réaliser. Mais au fond de moi, je suis comme toi. » *(N.d.T.)*

Kay éclata de rire.

— Quand j'ai commencé à m'occuper de toi, tu avais plutôt du mal à vaincre ton trac. Tu t'en souviens ? Ah, c'était le bon temps ! soupira-t-elle en quittant la pièce.

À peine était-elle partie que deux filles vinrent rendre visite à Hannah. Elles ignoraient que derrière la star se cachait une lycéenne à la vie tout à fait normale.

— Traci ! Evan ! Que je suis contente de vous voir ! Vous vous amusez bien ?

— On s'éclate, répondit Traci.

C'était la fille de son producteur de disques. Elle connaissait tout le monde.

— Sauf qu'il y a une drôle de fille à côté qui boit le chocolat directement à la fontaine.

— Elle me rappelle mon chien quand il lape une flaque, ajouta Evan avec une grimace.

— Ouais, une vraie ringarde ! Oh, c'est pas vrai. La voilà !

Lilly arrivait, habillée en Lola Luftnagle, la bouche toute barbouillée.

— Hannah ! Ah, te voilà ! s'écria-t-elle.

Traci faillit s'étrangler.

— Tu la connais ?

— Regarde, continua Lilly en brandissant son téléphone portable. Tu ne devineras jamais qui je viens de photographier, aux toilettes, avec les doigts dans le nez. C'est génial, non ?

Hannah s'avança vers elle et referma doucement son appareil.

— Traci et Evan, je vous présente mon amie… euh…

Elle avait oublié le pseudonyme de Lilly.

— Lola Luftnagle, dit aussitôt Lilly, la bouche pleine de bonbons à la fraise. La fille de Rudolph Luftnagle, le roi du pétrole. La sœur de Bunny et Kiki Luftnagle, les reines de la jet-set. La cousine…

Hannah l'arrêta d'un coup de coude.

— Mais vous pouvez m'appeler Lola, conclut-elle en postillonnant à la figure de Traci. Oh pardon ! Désolée !

— Ouais, tu peux l'être, marmonna Traci.

Vite, Hannah détourna la conversation.

— Alors, les filles, vous voulez rester en coulisse ?

— Oh, ensemble toutes les trois ! Ça serait génial ! s'écria Lilly.

— C'est vraiment dommage, mais on a déjà nos sièges réservés, répondit Evan, pressée de s'éloigner de Lola.

— Tu as raison, acquiesça Traci. On étouffe ici.

— C'est vrai, c'est pénible, tous ces gens ! renchérit Lilly sans se douter que c'était elle qui était de trop.

— M'en parle pas ! répondirent Traci et Evan d'une seule voix avant de prendre la fuite. À plus !

Lilly se retourna vers Hannah.

— Elles ont l'air sympas. J'aurais dû rester avec elles.

Hannah l'attrapa par le bras.

— Non... je te garde... tu es mon porte-bonheur ! prétexta-t-elle en lui essuyant la figure avec sa serviette. Mon porte-bonheur en chocolat !

— Oh, misère ! gémit Lilly devant la serviette toute tachée. Je devais être ridicule.

— Non, ça se voyait à peine. Maintenant, écoute-moi bien. Tu vas t'installer là, de façon que personne d'autre ne te voie à part moi. Et tu ne bouges pas d'un pouce, d'accord ?

— Vous êtes prêts, San Diego ? cria le présentateur sur la scène.

Un rugissement monta de la foule.

— Hannah Montana ! Hannah Montana !

— Tu as compris ? insista Hannah. Tu restes là !

— T'inquiète pas. Tu peux compter sur moi.

Hannah avança sur la scène sous un tonnerre d'applaudissements et entonna son titre fétiche.

Lilly la regardait bien sagement lorsqu'elle entendit derrière elle :

— Les toilettes sont par ici, mademoiselle Stefani.

Elle se retourna d'un bond et reconnut la célèbre pop star aux cheveux platine, entourée d'une bande de copains.

— Gwen Stefani! hurla-t-elle en se pré-
cipitant vers elle. Attends-moi, je t'en prie!
Je viens avec toi. Mais ne t'enfuis pas!
Gwenny? Gwendela!

« Aïe, aïe, aïe! » songea Hannah en la
voyant disparaître.

Première partie

Hannah sur scène.

Lilly et Miley déguisées en Lola Luftnagle
et Hannah Montana.

Jackson a acheté une décapotable de fille !

**Miley entourée de ses meilleurs amis,
Oliver et Lilly.**

Lilly prépare Oliver à rencontrer son idole.

Hannah tente de décourager Oliver...

... et finit par lui avouer qu'elle est Miley.

M. Stewart a transformé la décapotable
en véritable bolide.

Deuxième partie

Miley demande conseil à son père.

Miley persuade ses amies que Lilly est sympa.

Jackson tombe dans le piège.

Lilly est déçue que la soirée soit annulée.

La nouvelle coiffure de Jackson.

Hannah se fait surprendre par un photographe.

Jackson se moque de sa sœur.

L'heure de la vérité a sonné.

2

Le lendemain, Miley avait désespérément besoin de se confier à son père. Mais il dormait sur le canapé, la bouche ouverte, sa guitare abandonnée sur le fauteuil. Elle s'assit à côté de lui et soupira, espérant le réveiller. Il ne bougea pas d'un cil. Elle soupira plus fort. Toujours rien. Elle finit par craquer.

— Debout ! hurla-t-elle.

Robby Stewart se réveilla en sursaut.

— Chérie, tu ne pourrais pas me ménager un peu ? Qu'est-ce qui t'arrive encore ?

— J'ai un problème avec Lilly. Et je ne sais pas comment l'aborder avec elle. Je ne voudrais pas la vexer. Mais elle ne sait vraiment pas se tenir !

— Comment ça ? demanda son père.

— Disons qu'elle nous a encore joué miss Ploucland, répondit Jackson, le frère de Miley, qui traversait le salon pour aller à la cuisine.

— Oh, faut pas lui en vouloir, Miley, elle n'a pas l'habitude, la défendit M. Stewart. Je suis sûr que la prochaine fois…

— … elle se retiendra de suivre Gwen Stefani dans les toilettes pour lui demander de lui dédicacer un couvre-lunette en papier. Ça n'a rien de drôle ! grommela-t-elle en les voyant se tordre de rire. Vous n'imaginez pas combien c'est dur de voir quelqu'un que vous aimez se ridiculiser devant vous…

Miley et son père se turent brusquement en voyant Jackson mettre une grosse cuillérée de chocolat en poudre dans sa bouche puis prendre une gorgée de lait et secouer la tête pour mélanger le tout avant de l'avaler.

— M'en parle pas ! soupira M. Stewart.

Le téléphone sonna et Jackson répondit, la bouche encore pleine.

— Attention, atterrissage prévu dans cinq secondes… quatre… trois… deux… un !

Comme d'habitude, Miley eut à peine le temps d'ouvrir la porte que Lilly déboulait sur son skate.

— Il était top, ton concert, hier soir ! s'écria-t-elle en pilant au milieu de la cuisine. Je me suis amusée comme une folle. Pas toi ?

— Oh, si ! s'exclama Jackson en prenant une voix de fille. Et tu as vu ce garçon craquant au troisième rang ? Waouh !

— On n'a jamais parlé comme ça ! protesta Miley. Et il était au deuxième rang.

Pendant que le frère et la sœur se disputaient, Lilly se rua sur le chocolat en poudre pour se préparer le même breuvage que Jackson.

M. Stewart lui arracha des mains la brique de lait.

— Avec quoi je vais faire mes pancakes, maintenant ?

Une sonnerie de téléphone emplit la pièce.

— Super! s'écria Lilly. La ligne d'Hannah Montana! Ça ne peut être qu'une célébrité. Je peux répondre?

— Non, non! hurla Miley. Je prends! Allô.

Lilly plaqua son oreille contre le combiné. Miley s'écarta. Elle la suivit.

— Salut, superstar. C'est Traci.

— Quoi de neuf?

— Nous organisons une petite fête pour l'anniversaire de Kelly, ce soir.

— Kelly? Kelly Clarkson? s'écria Lilly.

Miley essaya de s'écarter de nouveau d'elle. Sans succès.

— Et je compte sur toi sans faute, continua Traci.

— Oh, c'est trop cool! s'écria Lilly, folle de joie. On va aller à l'anniversaire de Kelly!

Miley couvrit le micro.

— Excuse-moi, Lilly... ça me ferait très plaisir de t'emmener, mais je ne crois pas que ce soit possible.

— T'as qu'à lui demander, insista Lilly.

— T'as raison. Je lui demanderai.

— Tout de suite ! hurla Lilly.

— Bien sûr ! Tout de suite.

Elle retira sa main du micro, découragée.

— Dis-moi, Traci. J'peux emmener personne, évidemment ?

— Bien sûr que si ! Amène qui tu veux.

— Super ! hurla Lilly dans le téléphone. Traci, c'est Lola ! À ce soir !

— Ah, non, pas elle ! gémit Traci à l'autre bout du fil.

— C'est trop cool ! Je vais côtoyer tout Hollywood. J'arrive pas à le croire. Excusez-moi, faut que je sorte brailla Lilly.

Elle se rua sur la terrasse, referma la porte derrière elle et se remit à danser comme une folle.

Pendant ce temps, Miley plaidait sa cause.

— Je sais, je sais, mais Lilly… euh, Lola est une fille géniale, une fois qu'on la connaît…

— Le problème, tu vois, c'est qu'on n'a pas envie de la connaître. Elle est vraiment trop bête !

— Oui, mais…

— Je savais que tu comprendrais, la coupa
Traci. Ciao.

Et elle raccrocha.

Miley, désemparée, alla à la cuisine où
son père et son frère mangeaient du gâteau,
le premier avec une fourchette, le second
avec ses doigts.

— Lilly n'est pas invitée, je suppose, dit
M. Stewart.

— Qu'est-ce que je vais faire ? Tu l'as
vue ! Si seulement je connaissais un tour de
magie pour empêcher les gens que j'aime
de se conduire comme des débiles !

— Ouais, moi aussi, répondit M. Stewart
en regardant son fils se catapulter un marsh-
mallow dans la bouche avec une cuillère.

3

Jackson travaillait au Rico's. Il servait à déjeuner au fils de son patron et à Oliver, l'ami de Miley, lorsqu'une superbe fille, tout sourire, entra dans le restaurant.

Oliver bomba le torse, très sûr de lui.

— Alors, beauté, tu me cherchais ?

— Dans tes rêves ! rétorqua Jackson. Elle te regarde uniquement parce que tu es assis à côté de moi.

— Vous fatiguez pas, les mecs ! intervint Rico en s'avançant à son tour. C'est moi qui l'intéresse. Je suis mignon, je suis riche...

— Et tu tiens dans son sac, ricana Jackson.

Rico était en effet tout petit.

— Je vais vous montrer comment il faut faire, les amis, insista Oliver. Surtout, pas d'applaudissements, je vous en prie.

— Mais puisque je vous dis que c'est moi qu'elle regarde ! insista Jackson.

— Pas du tout, protesta-t-elle. C'est ton copain que je trouve très mignon.

— Vraiment ? s'exclama Oliver, sidéré.

— A-do-rable ! déclara-t-elle d'une voix aiguë en prenant son visage entre ses mains. Oh oui ! T'es trop chou ! Regardez-moi cette petite bouille. Et ces bonnes joues, ajouta-t-elle en les pinçant.

Oliver se recula, vexé.

— T'es pas sympa !

— Oh, je suis désolée, protesta-t-elle toujours sur le même ton. Je t'ai fait de la peine. Tu veux un bonbon ?

— Non, je te remer... Attends ! À quoi est-il ?

Il se pencha sur son sac et en sortit une barre de nougat. Puis il revint vers ses copains qui avaient suivi la scène, pliés de rire.

— Vous avez vu cette classe, les gars ? J'ai eu du nougat dès le premier rencard.

Et il s'en alla en dégustant la barre.

56

Rico se tourna vers Jackson.

— Bon, tu vas voir comment on fait quand on est un homme, un vrai. Mon heure de gloire est arrivée.

Il se lécha les doigts et s'aplatit les sourcils.

— Ouais, l'heure d'aller se coucher surtout, gloussa Jackson, en sautant par-dessus le comptoir pour lui passer devant. Prépare-toi à pleurer.

Il s'avança d'un pas assuré vers la fille.

— Salut, tu pourrais faire semblant de t'intéresser à moi ? Le fils de mon patron me regarde.

— Et si je m'intéressais vraiment à toi ?

— T'es trop gentille !

Il croyait qu'elle entrait dans son jeu, mais pas du tout. Elle lui tendit la main.

— Je m'appelle Nina.

— Moi, c'est Jackson, répondit-il, tout éberlué.

Cette fille était splendide. Il ne lui arrivait pas à la cheville, et il en était conscient.

— Écoute, je ne voudrais pas que tu me trouves gonflée...

— Vas-y, je t'en prie. J'adore ça.

— J'étudie à l'école de coiffure de Malibu et je me demandais si tu voudrais bien me prêter ta tête ?

— Quoi ?

— Tu as des cheveux fantastiques. Et j'ai terriblement besoin de m'entraîner. Je donnerais n'importe quoi pour les coiffer.

— Tes conditions seront les miennes !

Il était prêt à tout pour passer un moment avec elle. Il la conduisit vers le bar.

— Pose-toi là.

Pendant qu'il passait de l'autre côté, il fit un clin d'œil à Rico.

— T'as vu la classe ?

Dans son dos, Nina et Rico échangèrent un regard complice.

— Franchement, tu nous épates ! dit Rico avec un petit rire démoniaque.

Assis au milieu de sa cuisine, une serviette sur les épaules, Jackson se contemplait dans un petit miroir. Il se souvint alors du rire sarcastique de Rico.

— Waouh ! C'est… très intéressant !

Il avait les cheveux orange vif !

— Je suis désolée. Mes parents avaient raison. Je ne suis pas faite pour la coiffure, murmura Nina, au bord des larmes.

— Mais si, tu es douée, protesta Jackson, incapable de lui en vouloir : elle était trop jolie. Ne t'inquiète pas, tu vas arranger ça. C'est possible, hein ?

— Laisse-moi le temps de m'entraîner une dernière fois sur mon chien. Je reviendrai demain.

— Demain ? Et notre…

— Tu es trop gentil, roucoula-t-elle en l'embrassant sur le front.

— Ne t'inquiète pas. Je mettrai un chapeau, la rassura-t-il, tout attendri.

À peine Nina était-elle partie que M. Stewart arriva.

— Surtout, ne dis rien ! le supplia Jackson.

— Comme tu voudras, fiston. Bon sang, j'ai porté des trucs dingues pour plaire à des filles, mais je ne suis jamais allé aussi loin. Enfin, de mon temps on avait sa fierté.

M. Stewart s'aperçut que son fils ne riait pas. Il s'approcha de lui et lui passa un bras réconfortant autour des épaules.

— Écoute, d'après ce que j'ai vu, ce doit être une chic fille. C'est déjà ça.

M. Stewart le laissa seul avec ses pensées. Du moins le croyait-il. Si Jackson s'était retourné, il aurait vu Rico, derrière la fenêtre, qui ricanait en se frottant les mains.

4

Miley entra un peu plus tard dans la cuisine, déguisée en Hannah Montana.

— Tu ne devrais pas être à ta soirée? demanda Jackson qui arborait un nouveau T-shirt orange vif.

— Si. Mais je dois d'abord parler à Lilly. Et ça ne va pas être facile.

— Oh, non, non! Que la vie est injuste! s'écria-t-il.

— Qu'est-ce qui t'arrive?

— J'imite Lilly quand elle apprendra la nouvelle. Et si tu veux éviter ça, suis les conseils de ton grand frère. Mens-lui comme un arracheur de dents.

— Parce que tu crois que je vais écouter les conseils d'un garçon qui ressemble à un cône de signalisation?

— Ces cônes sauvent bien souvent des vies ! riposta-t-il du tac au tac.

Miley secoua la tête et alla ouvrir à son amie.

Lilly entra en dansant la salsa.

— C'est la fiesta, la fiesta ! C'est la fiesta ! Tout le monde chante avec moi. C'est la f...

Elle s'arrêta en voyant la mine sombre de Miley.

— Holà ! T'en fais une tête !

— Faut qu'on parle, Lilly.

Elle prit son amie par le bras et la fit asseoir sur le canapé.

— Quoi ? Y a un problème ? murmura Lilly, soudain très inquiète.

— Bon, nous nous sommes toujours promis d'être franches, non ? commença Miley.

— Ouais.

— Même si ça risque de faire très mal ?

— Quoi ? Tu veux dire que ma chemise ne va pas avec mon pantalon ?

Miley marqua une hésitation.

— Oui, entre autres. Mais ce n'est pas de ça que je voulais te parler. En fait… en fait, la soirée est annulée ! lâcha-t-elle.

Lilly était effondrée, mais moins que si elle avait su la vérité. Et Miley ne se sentait pas le courage de lui faire de la peine.

Mais comme elle ne pouvait pas rater la soirée, dès que Lilly rentra chez elle faire ses devoirs, Miley se fit conduire à l'anniversaire.

Miley n'avait pas le cœur à faire la fête. À peine arrivée au club, elle était ressortie et avait téléphoné à son père, le suppliant de venir la chercher. Elle l'attendait dehors, rongée par le remords chaque fois qu'elle croisait une célébrité. Pauvre Lilly !

— Hannah, ça fait une heure que je te cherche partout ! s'écria Traci en l'apercevant. Qu'est-ce que tu fais là ?

— Je repars. J'attends mon père, répondit-elle d'un ton faussement détaché.

— Mais Kelly n'est pas encore arrivée.

— Je sais, mais je ne suis pas en forme, ce soir.

— Je t'adore, mais là tu me déprimes. Alors à plus!

Et Traci rentra dans le club sans même lui demander ce qui n'allait pas.

Miley entendit alors son téléphone sonner et décrocha machinalement.

— Allô?

— Qu'est-ce que tu fais?

C'était Lilly!

— Lilly? Comment ça, qu'est-ce que je fais? Ben, mes devoirs, bien sûr.

Au même moment la porte du club s'ouvrit et un flot de musique assourdissant en jaillit.

— Qu'est-ce que j'entends? demanda Lilly.

Miley repoussa vite la porte.

— Oh! C'est Jackson qui a mis de la musique. Jackson, baisse le son! Tu m'empêches de travailler!

Le videur la regarda d'un air bizarre.

— Si on allait faire du shopping, demain ? proposa Lilly.

— Excellente idée ! répondit Miley, soulagée de constater que Lilly ne se doutait de rien.

Mais son répit fut de courte durée. Des paparazzi venaient de la repérer. Il ne manquait plus que ça !

— Hannah Montana, un sourire !

— Qui est-ce qui te parle ? demanda Lilly.

— Mon père. Non, papa. J'ai assez de fromage !

Les paparazzi ne voulaient plus la lâcher.

— Faut que je raccroche avant qu'il ne vide tout le gruyère dans mon assiette.

Elle devait étouffer l'affaire. Lilly lisait tous les magazines people. Elle découvrirait qu'elle avait menti si ces photos paraissaient.

Miley s'approcha du photographe, un grand sourire aux lèvres.

— Bonjour. J'ai une amie qui ne doit pas savoir que je suis ici. Et je me demandais si vous seriez assez gentil pour ne pas publier cette photo.

— Bien sûr, ma jolie, pas de problème. Sauf qu'être gentil, c'est pas vraiment mon genre ! s'esclaffa-t-il avant de prendre un autre cliché d'elle et de tourner les talons.

— Eh bien, dans ce cas, je ne vais pas être gentille moi non plus ! s'écria-t-elle en lui sautant sur le dos pour lui arracher son appareil.

Leur bagarre attira aussitôt l'attention des autres journalistes qui s'empressèrent de les mitrailler. Exactement ce qu'elle voulait éviter ! Miley vit alors une équipe vidéo qui la filmait !

La totale !

5

Le lendemain, Miley se rua sur le journal dès qu'il arriva. C'était une catastrophe ! La page people du *Los Angeles Herald* affichait en gros titre : HANNAH MONTANA AGRESSE UN PHOTOGRAPHE ! Et la photo n'était pas jolie à voir.

Lilly ne devait ouvrir ce journal à aucun prix.

Miley se précipita dans la rue pour ramasser tous les exemplaires qui se présentaient à elle.

Pendant ce temps, Jackson affrontait un autre désastre. Grâce aux bons soins de son apprentie coiffeuse, il se retrouvait avec une crête d'Iroquois et des cheveux bleu vif.

Son père qui revenait de son jogging stoppa net en le voyant.

— Elle voulait juste égaliser sur les côtés ! s'écria Jackson. L'erreur est humaine.

— Je préfère ne rien dire, répondit M. Stewart.

— Merci.

— J'ai le droit de chanter, tout de même ? « Quand j'ai rencontré Nina, j'en suis tombé fada. J'lui ai confié mes cheveux, et maint'nant j'ai l'air neuneu... »

— Pas sympa de t'inspirer des malheurs des autres !

— Désolé, mon grand. Mais qu'est-ce que tu crois ? Je suis passé par là, moi aussi. Console-toi en te disant que tu as la chance de sortir avec une jolie fille.

— C'est pas encore fait, avoua Jackson.

— Aïe !

Jackson fut tiré de cette situation délicate par l'arrivée de sa sœur.

— Bon, j'ai ramassé tous les journaux jusque chez Lilly. Oh ! Mon Dieu ! T'es passé sous un camion ou quoi ? s'écria-t-elle en

voyant la nouvelle coiffure de son frère.
Cette fois, j'te connais plus !

— Tu rigoles ! riposta Jackson. C'est pas
moi qui fais la une des tabloïds !

— Écoute-moi bien, l'Iroquois ! Si Lilly
découvre pourquoi je ne l'ai pas emmenée
à la soirée, elle ne s'en remettra pas et je suis
prête à tout pour éviter ce drame.

— Alors tu devrais faire disparaître ces
journaux car elle sera là dans dix secondes,
l'interrompit son père qui venait de répondre
au téléphone.

Miley courut les cacher sous les coussins
du canapé.

— Mais ne restez pas plantés là comme
des piquets ! Posez vos fesses là-dessus !

Elle les poussa sur le canapé. Puis elle se
précipita vers la porte pour intercepter Lilly.

— Ben, t'es pas prête ? s'écria Lilly.

— Pour quoi faire ?

— On devait aller faire du shopping. Faut
que je trouve une tenue pour la prochaine
soirée. C'est vrai, quoi, je ne voudrais pas
que tu aies honte de moi.

— Tu as raison. Surtout pas. Allons-y.

— Ah, ce bon vieux centre commercial ! s'exclama Jackson. Avec sa maison de la presse, et tous ces gens qui parlent de la vie des people…

Miley comprit aussitôt l'allusion.

— D'un autre côté, on serait mieux à la plage par une chaleur pareille ! s'écria-t-elle.

— Mais je voulais me trouver des super-fringues !

— Oui, mais sur la plage, on trouvera des super mecs contra Miley.

— Alors, allons à la plage ! s'exclama Lilly.

Miley et Lilly passaient toujours par les douches pour repérer les garçons mignons.

— C'est incroyable ! fit Oliver, vous n'imaginerez jamais qui fait la une de la page mondaine !

Miley devait réagir et vite. Elle se précipita vers un garçon qui tenait un ballon de foot, le lui arracha des mains et l'envoya loin derrière Oliver.

— Vite, Oliver, attrape !

— Tu pourrais pas mieux viser ? protesta Oliver en courant derrière le ballon.

Miley se tourna vers Lilly.

— Je meurs de faim, tu viens ? dit-elle en l'entraînant vers le snack.

Hélas, il devait être écrit qu'elle ne trouverait jamais la paix. La vieille dame assise à côté de Miley et Lilly lisait, elle aussi, la page people.

Miley aspergea la feuille de moutarde. Lilly la regarda avec effarement. Paniquée, Miley arracha le journal des mains de la vieille dame et le roula en boule.

— Il y avait une abeille, expliqua-t-elle. Une grosse abeille. Je crois que je l'ai eue !

Et voilà qu'Oliver revenait vers elles, en brandissant son journal.

Ça devenait très fatigant.

— Sérieusement, les filles ! Faut que vous voyiez ça ! criait-il.

— Tu sais quoi ? dit Miley à Lilly. Y a trop de monde par ici. Si on allait chercher des morceaux de verre dépoli sur la plage ?

Les deux amies partirent vers l'océan et se retrouvèrent enfin seules… et loin de tout journal !

— Bon, cette fois, je crois que c'est arrangé, annonça Nina au moment où elle s'apprêtait à retirer la serviette qui entourait la tête de Jackson. Croise les doigts.

Jackson croisa même les orteils.

— C'est bizarre ! Je sens comme un courant d'air ! Oh, c'est pas vrai ! J'ai la boule à zéro ! gémit-il en se tâtant le crâne.

Nina lui tendit un miroir tandis que Rico espionnait la scène, accroupi sous la fenêtre, mort de rire.

— Là, au moins, je suis tranquille. Tu ne peux plus rien me faire, lâcha Jackson. Mais ce n'est pas grave. Tu pourras recommencer quand ils auront repoussé.

— Quoi ? Tu me laisseras réessayer ! s'exclama Nina.

— Bien sûr. En attendant, on pourrait aller au cinéma… ou dans un endroit discret où personne ne me verra.

— Je… j'le crois pas ! bafouilla Nina. Tu t'es vu ? Tu devrais être furieux contre moi !

— Voyons, tu ne l'as pas fait exprès.

— Bien sûr que si !

— Ah bon ? Attends ! Je parie que c'est un coup de Rico !

— Oui, il m'a payée, avoua Nina. Mais je n'aurais jamais accepté si j'avais su que tu étais si sympa. Si tu veux, je peux t'aider à prendre ta revanche.

— Je suis trop dégoûté pour penser à me venger tout de suite. Quoique… Tout compte fait… J'suis prêt !

Une fois leur plan mis au point, Nina retourna au restaurant et persuada Rico qu'il avait besoin d'une bonne coupe. Jackson s'était caché derrière les plantes, juste à côté d'eux.

— Refais-moi la réaction de Jackson quand il a compris qu'il s'était fait avoir ! demanda Rico en s'asseyant sur un fauteuil.

Nina prit un air affolé et poussa un cri strident.

— Elle est pas belle, la vie ? gloussa-t-il.

— Si. Maintenant ferme les yeux et détends-toi, répondit Nina.

Rico obéit. Nina mit sa tondeuse en marche et la passa discrètement à Jackson qui prit sa place.

— Pas trop court sur les côtés, dit Rico sans rouvrir les yeux.

— Hum hum ! répondit Jackson d'une petite voix aiguë.

6

— Waouh ! j'ai assez de verre pour fabriquer une table basse, s'écria Miley quand elles revinrent chez elles en fin d'après-midi.

— Moi, j'en ai assez pour ne plus jamais avoir envie d'en ramasser, soupira Lilly en se laissant tomber sur le canapé. Oh, t'as le journal ? s'écria-t-elle, en le prenant sur la table. Personne ne l'a reçu ce matin, dans notre rue. Je peux regarder les bandes dessinées ?

Miley lui arracha le journal des mains.

— Plus personne ne les lit. T'en as pas ras le bol des gros chats paresseux et de ce gamin à la tête de citrouille qui ne pense qu'à shooter dans un ballon de foot ? C'est naze ! Si on discutait plutôt. On n'a jamais le temps de parler.

— On n'a pas arrêté de la journée.

— T'as raison. Et je ne supporte plus de m'entendre. Si on mettait la télé pour changer?

C'était une très mauvaise idée:

Et qu'apprend-on cette semaine dans This Week in Hollywood? fit le présentateur. *Une rock star aurait agressé un paparazzi...*

Vite, Miley éteignit et jeta la télécommande par-dessus son épaule, hors d'atteinte de Lilly.

— Attends! Je voulais voir! gémit Lilly. Mais qu'est-ce qu'il a, ton canapé? demanda-t-elle soudain intriguée. On dirait qu'il est bourré de noyaux de pêches.

— Tiens, en parlant de fruits, ça me donne faim. Si on se faisait du porridge? suggéra Miley en l'entraînant à la cuisine. Y a rien de meilleur après une longue journée à la plage.

Au même moment, le portable d'Hannah Montana sonna.

— Je peux répondre? s'exclama Lilly.

— Non! hurla Miley.

— Trop tard! Allô, ici Lola, la meilleure amie d'Hannah Montana... Oh, mon Dieu! C'est Kelly! s'écria Lilly en couvrant le micro! Allôôôôô... dit-elle en prenant un fort accent anglais.

— Donne-moi ce téléphone! hurla Miley.

— Oh, ma chère Kelly, j'étais désolée que ta soirée soit annulée, continua Lilly.

— Je t'en prie, Lilly, passe-la-moi.

— Comment ça? s'étonna Lilly. Mais Hannah m'a dit...

— Ne l'écoute pas! brailla Miley, désespérée. Elle me déteste. Elle est jalouse. Et méchante en plus!

— D'accord, dit Lilly en dévisageant Miley d'un œil sombre. Je lui dirai que tu as appelé.

Elle raccrocha.

— Lilly, commença Miley, laisse-moi t'expliquer... Je t'ai menti parce que...

— Tu ne voulais pas m'emmener.

— Non, c'étaient les autres qui ne voulaient pas que tu viennes.

— Mais je croyais qu'elles me trouvaient sympa.

— Au contraire.

— Pourtant tu leur as bien dit que j'étais cool? Quoi, t'as rien dit?

— Non.

— Pourquoi? demanda Lilly, peinée.

— Ça n'a pas d'importance. Tu n'as pas besoin d'elles. Tu m'as déjà, moi, ça ne te suffit pas?

— Si tu es vraiment mon amie, tu dois me dire la vérité.

— Tu l'auras voulu! Alors voilà: tu postillonnes, tu poursuis les stars dans les toilettes, tu te barbouilles de chocolat, tu...

— J'ai compris, la coupa Lilly. Je te fais honte.

— Je suis désolée, marmonna Miley, ne sachant plus quoi dire.

— Oh, bon sang! J'arrive pas à croire que je puisse être aussi nulle, gémit Lilly en se laissant tomber sur le canapé. Pourquoi faut-il toujours que je gâche tout? Quand est-ce que je comprendrai?

— Ne sois pas si dure avec toi. La première fois que j'ai vu une fontaine à chocolat, j'en ai rempli mon sac.

— Tu dis ça pour me consoler.

— Attends. Je vais te montrer encore mieux.

Miley tira un journal de sous le canapé et
le lui tendit.

— Qu'est-ce que c'est?

Lilly l'ouvrit et vit la photo que Miley
s'était donné tant de peine à lui cacher
toute la journée.

— Je me suis fait coincer au moment où
je repartais, alors que la fête commençait à
peine.

— Pourquoi tu es rentrée si tôt?

— Parce que je m'ennuyais sans toi. Et tu
sais quoi? Ça ne se reproduira plus!

Le lendemain, Hannah et Lilly vêtues de
leurs tenues les plus branchées se rendirent
au Cobra Room, le club préféré de Traci.

— Miley, tu sais que t'es pas obligée de
m'emmener. Même si tu me laissais, nous
resterions toujours les meilleures amies du

monde, répéta Lilly pour la énième fois alors qu'elles approchaient de l'entrée.

— Non, je tiens à ce que tu m'accompagnes, insista Miley, décidée à se faire pardonner.

Au même moment, Traci les aperçut et s'approcha d'elles.

— Hannah! s'exclama-t-elle de sa voix la plus snob. Quelle surprise de te voir avec... avec... comment s'appelle-t-elle déjà? Lola Luftnaze?

— Luftnagle! hurla Miley. (Elle se tourna vers Lilly, prise d'un doute.) C'est bien ça, hein?

Lilly haussa les épaules.

— Je crois.

— Peu importe, marmonna Traci, elle n'est pas sur la liste des invités. N'est-ce pas, Derek? demanda-t-elle au videur.

— Qu'est-ce que vous voulez que j'en sache? répondit-il. C'est pas mon boulot!

— Dommage, parce que mon père est le plus gros producteur de disques de la ville, rétorqua Traci.

Derek sortit un CD de sa poche.

— Sérieux? Je peux vous donner ma démo? C'est de la country.

— Bien sûr, répondit-elle avec un sourire hypocrite. Alors c'est OK pour elle, ajouta-t-elle en désignant Hannah. Et c'est non pour la naze! finit-elle avec un geste méprisant envers Lilly.

Lilly tira Miley en arrière.

— Vas-y sans moi. Je vais téléphoner à ma mère de venir me chercher.

— Pas question.

Miley se retourna vers Traci.

— Je t'aime bien, Traci, mais si tu veux rester mon amie, tu dois l'accepter, elle aussi.

— Mais elle est nulle! chuchota Traci.

— Elle l'est déjà moins que toi le jour où tu as éternué sur les jumelles Olsen et que tu les as couvertes de morve!

— Ça n'a rien à voir, protesta Traci, vexée. J'ai des problèmes de sinus.

— Tout le monde a ses problèmes. Mais une véritable amie ne s'arrête pas à ça. Je ne t'ai pas lâchée le jour des jumelles et je ne lâcherai pas Lilly aujourd'hui.

— Lola, la reprit Lilly.

— C'est ce que j'ai dit.

— Bon, c'est d'accord, acquiesça Traci en se tournant vers Lilly. Mais si tu laisses échapper un seul mot sur l'épisode avec les jumelles, t'es virée.

— Entendu, acquiesça Lilly.

— On se retrouve à l'intérieur !

Tandis que Traci s'éloignait, Miley et Lilly entendirent renifler derrière elle. C'était Derek le videur.

— C'est chouette ce que tu as fait pour ton amie ! dit-il en essuyant une larme.

— Oui, moi aussi, je trouve ta réaction fabuleuse, dit Lilly.

— Arrête, tu va me faire rougir, protesta Miley.

Les deux filles échangèrent un grand sourire.

La porte du club s'ouvrit. Lilly sursauta en apercevant à l'intérieur un visage connu… très connu même.

— Ce ne serait pas Orlando Bloom? rugit-elle, tout excitée. Non, non, je suis cool, je suis cool! ajouta-t-elle, se rappelant brusquement sa promesse.

— Oh, vas-y, t'en meurs d'envie, gloussa Miley.

— Merci! s'écria Lilly en se ruant sur l'acteur.

— Elle est pas un peu niaise? fit Derek.

— Si! C'est ma niaise à moi, répondit Miley avant de courir derrière Lilly en braillant comme elle: « Orlando! Orlando! »

Si on ne pouvait pas changer Lilly, autant faire comme elle!

Enfin, tout était pour le mieux dans le meilleur des mondes. Et le moment était venu de faire la fête!

Pendant ce temps, Jackson affrontait vaillamment les vannes au sujet de son crâne déplumé. Et son client ne l'épargnait pas.

— C'est dangereux de se moquer de celui qui vous nourrit, marmonna-t-il en lui tendant son hot-dog.

— T'as raison, boule de billard ! gloussa Rico qui était assis un peu plus loin, aussi chauve que lui.

— Entre boules de billard, on se comprend, rétorqua Jackson. En tout cas, une chose est sûre : y a pas de gagnants dans ce genre de bataille. Uniquement des pertes de cheveux.

— T'as raison. On fait la paix alors ?

— D'accord.

Ils prirent chacune une cannette de soda et trinquèrent à leur nouvelle amitié.

— À la paix, proposa Rico.

— À l'harmonie, ajouta Jackson.

Mais, incapables de résister au plaisir de se jouer des mauvais tours, le premier attrapait déjà la moutarde et l'autre le ketchup.

C'était parti.

D'un même mouvement, ils s'aspergèrent.

— Touché ! s'écrièrent-ils à l'unisson.

Ils n'étaient pas les meilleurs amis du monde, mais comme ennemis ils se valaient largement !

Dans la même collection

Tu as aimé
Petits secrets entre amis
alors lis vite un extrait de
Mésentente cordiale
le tome 2 de la série

Des livres plein les poches, POCKET *jeunesse* des histoires plein la tête

1

— C'est parfait, Hannah! Tu es magnifique! l'encourageait Liza derrière son objectif.

La photographe dirigeait l'un des studios les plus réputés de la région. Sa mission du jour : réaliser une série de clichés sensationnels de la rock star Hannah Montana, la nouvelle égérie de la crème de beauté Magic Glow.

Depuis une heure, Miley Stewart, *alias* Hannah, coiffée de sa longue perruque blonde, s'efforçait de la satisfaire. Mais, bonté divine! elle n'en pouvait plus de sourire!

Tandis qu'elle tournoyait sur le plateau, son père, debout à quelques pas de là, assistait à la séance sous son déguisement habituel : fausse moustache, cheveux longs et casquette de base-ball.

— Tu es superbe, continuait Liza pendant que la sono diffusait le dernier tube d'Hannah. *This is the life*, fredonna-t-elle en chœur. *Hold on tight…*

Le sourire d'Hannah s'effaça aussitôt. Si les talents de photographe de Liza étaient indéniables, en revanche elle chantait comme une casserole.

— Qu'est-ce que c'est que cette grimace ! s'écria Liza. Ma chérie, tu fais une pub pour une crème de jour, pas pour une lotion contre l'acné !

— Je crois que votre voix la perturbe ! glissa M. Stewart.

Hannah éclata de rire. Liza se renfrogna aussitôt, vexée.

— Vous êtes qui, vous ? demanda-t-elle.

— Le manager d'Hannah.

— Eh bien, monsieur le manager, chacun son job ! Alors ayez l'obligeance de dégager de mon plateau.

— Je suis également son père, ajouta-t-il.

Surprise, Liza se tourna vers son assistant.

— Apportez donc une chaise pour l'auguste postérieur de M. Montana ! Presto !

Le garçon s'empressa d'obéir. M. Stewart s'assit.

— Vous êtes bien installé ? s'enquit Liza d'un ton mielleux.

— Aussi bien qu'un singe dans un bananier.

— Charmant !

La photographe leva les yeux au ciel puis revint à Hannah.

— Bon, maintenant, ma chérie, pense à l'affiche de la campagne internationale Magic Glow. Je veux que tu exprimes la jubilation, mêlée de ravissement, avec une petite pointe de « je ne sais quoi ».

Hannah la dévisagea d'un air ahuri.

— Non, non, c'est pas du tout ça ! grommela Liza.

— Vous ne pourriez pas parler comme tout le monde ? soupira M. Stewart.

La photographe lui lança un regard excédé.

— Demandez-lui de dire *ouistiti*, suggéra-t-il.

— Mais vous êtes obsédé par les singes !

— Je voulais juste vous aider. Vous gagneriez un temps précieux en lui demandant simplement ce que vous voulez.

— Si vous le dites…

Elle glissa à l'oreille de son assistant :

— Il ne me manquait plus que les conseils de ce chimpanzé !

Elle colla de nouveau son œil au viseur.

— Bon, Hannah… euh… on essaie avec *cheese* !

Hannah laissa échapper un soupir. Elle comprenait ce que la photographe attendait d'elle mais elle n'avait plus la force de sourire.

La jeune fille vit alors son père s'agiter dans le dos de Liza. Il se trémoussait sur la musique de son disque, tout en se grattant la tête d'une main et l'aisselle de l'autre.

Hannah éclata de rire. C'était l'expression spontanée qu'attendait Liza.

— Parfait ! jubila-t-elle. C'est dans la boîte !

[…]

Retrouve

tes héros préférés

et gagne

des cadeaux sur

www.pocketjeunesse.fr

◧ toutes les infos sur tes livres et tes héros
   préférés
◧ des jeux-concours pour gagner des livres
   et plein d'autres cadeaux
◧ une newsletter pour tout savoir avant
   tes amis

Composition : Francisco *Compo*
61290 Longny-au-Perche

Impression réalisée par

La Flèche (Sarthe), le 30-04-2010
N° d'impression : 56663

Dépôt légal : janvier 2008.
Suite du premier tirage : mai 2010.

Imprimé en France

12, avenue d'Italie

75627 PARIS Cedex 13